AF890209

Erkek Çocukları İçin

Adım Adım Namaz

Merve GÜLCEMAL

Kitabın sahibi

....

Tarih: ....

Kitabı Hediye Edenin Notu

Sevgili ....

....

....

....

....

Kitabı Hediye Eden

....

Heeeeeey siz de duydunuz mu?

Evet evet doğru duymuşum: Ezan bu!

En en en sevdiğim sözlerden ve seslerden, ezan!

Farkettiniz mi? Sanki kediler de bana gülümsedi.

Hoşça kalın kediler, şimdi namaz vakti.

Müezzin amca, ezanı ilk okuyan

Bilal-i Habeşi gibi ne de güzel okuyor...

En güzel vakit olan namaz vaktine

davet de en güzel şekilde yapılmalı.

Bayılıyorum ezanı dinlemeye!

Şşşşşştttt!

Artık herkes sessiz olmalı.

Ezan

Hayye ale's salâh

1 Allâhu ekber Allâhu ekber Allâhu ekber Allâhu ekber

2 Eşhedü en lâ ilâhe illallah, Eşhedü en lâ ilâhe illallah

3 Eşhedü enne Muhammeden Resûlullah, Eşhedü enne Muhammeden Resûlullah,

4 Hayye ale's-salâh, Hayye ale's-salâh

5 Hayye ale'l-felâh, Hayye ale'l-felâh

6 Allâhu ekber, Allâhu ekber

7 Lâ ilahe illallah

Hayye ale'l felâh

1 اَللّٰهُ اَكْبَرُ اَللّٰهُ اَكْبَرُ اَللّٰهُ اَكْبَرُ اَللّٰهُ اَكْبَرُ

2 اَشْهَدُ اَنْ لَآ اِلٰهَ اِلاَّ اللّٰهُ اَشْهَدُ اَنْ لَآ اِلٰهَ اِلاَّ اللّٰهُ

3 اَشْهَدُ اَنَّ مُحَمَّداً رَسُولُ اللّٰهِ اَشْهَدُ اَنَّ مُحَمَّداً رَسُولُ اللّٰهِ

4 حَيَّ عَلَى الصَّلاَةِ حَيَّ عَلَى الصَّلاَةِ

5 حَيَّ عَلَى الْفَلاَحِ حَيَّ عَلَى الْفَلاَحِ

6 اَللّٰهُ اَكْبَرُ اَللّٰهُ اَكْبَرُ

7 لَآ اِلٰهَ اِلاَّ اللّٰهُ

Ezan duasını okumak için sayfa 55'e gidebilirsin.

Ezanı dinle

Namaz kılmaya başlamadan yapmam gereken hazırlıklar var. Önce tuvalet ihtiyacımı giderip temizlenmem gerekir. Şimdi üstümü başımı kontrol edeyim. Kıyafetlerimin ve namaz kılacağım alanın temiz olduğundan emin olayım.

Evet evet hepsi tamam!

Öyleyse haydi abdest almaya.

Abdest

"Namazın anahtarı temizliktir." diye buyuran Peygamberimiz (sav) devamlı abdestli bulunurdu. Temizliği çok önemser, sık sık misvak kullanırdı. "Niyet ettim Allah rızası için abdest almaya" diyerek Eûzü Besmele çeker ve dualar eşliğinde adım adım abdestimi almaya başlarım.

1

Parmak aralarımdan başlayarak ellerimi bileklerime kadar üç kez yıkarım.

2

Sağ elimle ağzıma üç kere su veririm. Ağzımı yıkarım.

3

Sağ elimle burnuma üç kere su veririm. Sol elimle temizlerim.

4

Üç kez yüzümü yıkarım.

5

Sol elimle sağ kolumu dirseklerimle birlikte üç kez yıkarım.

6

Sağ elimle sol kolumu dirseklerimle birlikte üç kez yıkarım.

Abdestin Bozulduğu Durumlar

- Büyük veya küçük abdestin bozulması veya yellenmek
- Vücudun herhangi bir yerinden kan ve irin çıkması
- Namazda yandaki kişinin işiteceği kadar sesli gülmek
- Teyemmümlü iken su görmek
  (Su olmadığı zaman toprak ile alınan abdesttir.)
- Ağız dolusu kusmak
- Bayılmak
- Uyumak

7

Sağ elimi ıslatıp başımın bir bölümünü mesh ederim.

8

Ellerimi ıslatır sağ ve sol elimin serçe parmaklarıyla kulağımın içini, baş parmağımla kulağımın arkasını mesh ederim.

9

Geriye kalan üç parmağımın dışıyla ensemi mesh ederim.

10

Sağ ayağımı, sol elimle ayak parmaklarımın aralarından başlayarak topuğumla birlikte yıkarım.

11

Sol ayağmı da, sağ elimle ayak parmaklarımın aralarından başlayarak topuğumla birlikte yıkarım.

12

....

Sen abdest alırken nasıl dua etmek istersin?

....

....

....

Etkinlik

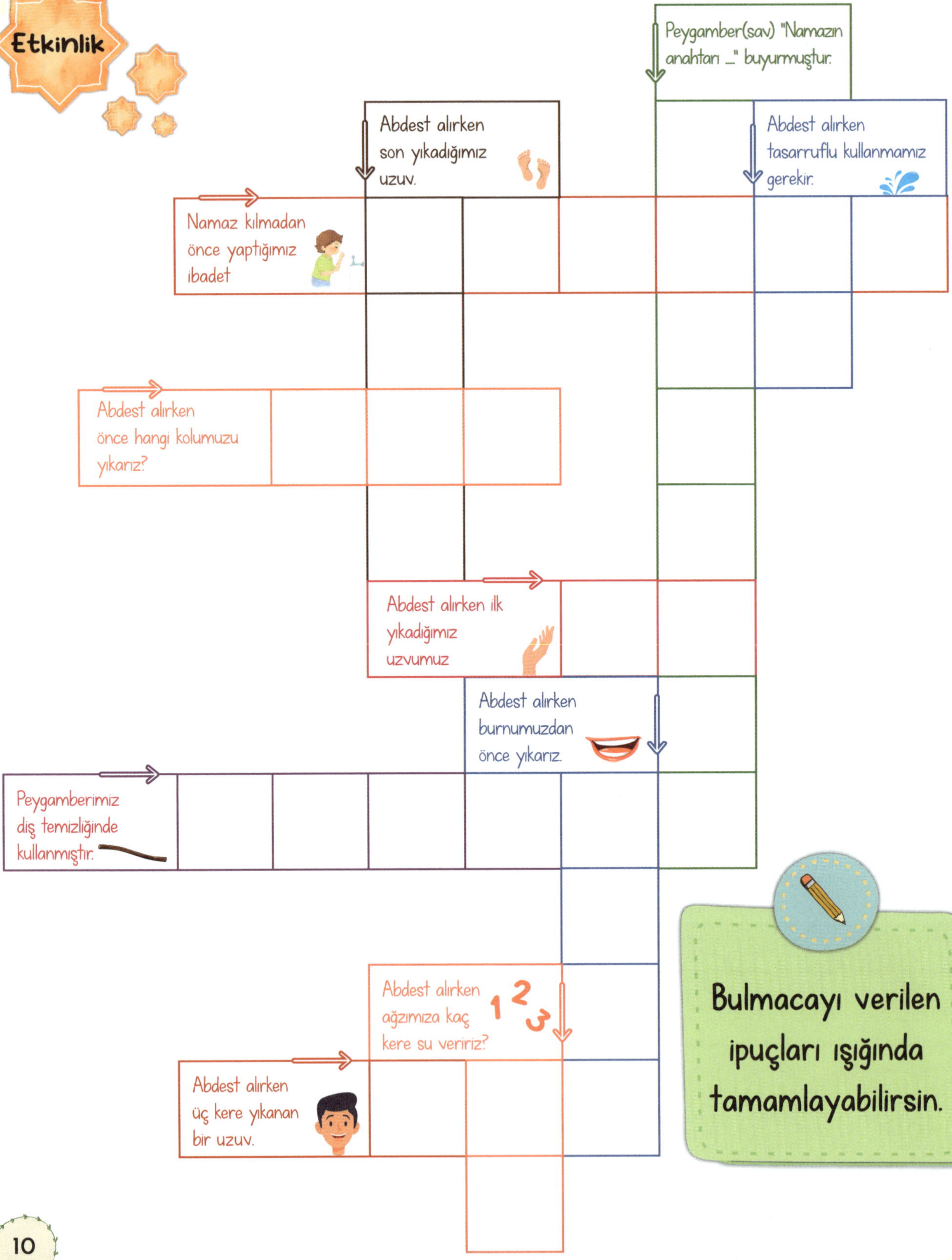

Bulmacayı verilen ipuçları ışığında tamamlayabilirsin.

Abdest sıralamasındaki doğru seçeneği işaretleyebilir misin?

Etkinlik

1

2

3

4

5

6

7

8

9

10

11

Abdest aldıktan sonra çok mutlu ve rahatlamış hissediyorum. Bugün de öyle oldu işte. Birazdan babamla beraber öğle namazını kılacağız.

Her namaz kendi vaktinde kılınır ve günde beş vakit namaz vardır. Belirli vakitleri artık düzenli kılıyorum. Ailemle birlikte namaz kılmayı da çok seviyorum ve hep onlara katılmaya çalışıyorum.

Sabah namazı vakti girdi.
Peygamber Efendimiz (sav) sabah namazını imsak vakti girdikten bir miktar sonra kılardı.

Öğle namazı vakti girdi.

İkindi namazı vakti girdi.

Akşam namazı vakti girdi.

Yatsı namazı vakti girdi.

Niyet

Abdestimi aldıktan sonra; ben de babam gibi takkemi takıyorum. Tıpkı ona benziyorum ve bunu çok seviyorum. Seccadelerimizi kıbleye doğru seriyoruz.

Kıblemiz Kâbe'dir.

Dünyanın neresinde olursak olalım;

bütün Müslümanlar namazını Kâbe-i Muazzama'ya yönelerek kılar.

Tekbir

Artık namaz için hazırım! Haydi namaz kapısını aralamaya, yani niyet edip, namaza durmaya!

"Niyet ettim Allah rızası için bugünkü öğle namazının ilk sünnetini kılmaya..."
Ve hooop eller kalktı havaya...
Ellerimi avuç içlerim kıbleye doğru dönük olacak şekilde, kulaklarıma kadar kaldırdım ve
"Alllahu Ekber!"
"Allah en büyüktür"
diyerek namaza başladım...

Kıyam

Namazımı kıldıktan sonra; namazda hangi hareketler yapılır, neler söylenir, okunur bir bir anlatayım... Namazın ilk kısmında sağ elimizin baş parmağı ile küçük parmağımızla sol elimizin bileğini kavrayıp göbeğimizin altına koyuyoruz. Ayakta dik duruyoruz. Gözlerimiz secdeye bakıyor. Bu sırada: Sübhaneke, Besmeleyle birlikte Fatiha ve son olarak kısa bir sûre ya da Kur'an'dan birkaç âyet okuyoruz.

Kıraat

Babam bana okuduğumuz dualarda nelerden bahsedildiğini anlatır, ben de namaz kılarken onun dediklerini hatırlarım. Mesela: "Elhamdülillahi Rabbi'l-alemin" demek; "Hamd Alemlerin Rabbinedir!" demekmiş. Yani: "Allah'ım tüm alemleri, varlıkları sen yarattın, her şey için Sana çoook teşekkür ediyoruz." deriz.

Ee tabii namazda bunları söylediğimin farkında olunca da; namazım bittiğinde tüm alemlere saygıyla davranıyorum. Hayvanlara da, canlılara da, insanlara da...
Çünkü hepsi Allah'ın biricik kulları...

Duaları okumamız bitince; rükûya gidiyoruz. Eğilerek sırt ve başımızı düz tutuyoruz. El parmakları açık, sıkıca diz kapaklarını kavramış, bacak ve kollar gergin, ayakların arası en az dört parmak açıyoruz. Gözlerimiz de ayak parmaklarımıza bakıyor. Burada üç kere: "Sübhâne rabbiye'l azîm!" diyoruz. Yani: "Büyük olan Allah (Rabbim) her türlü kusur ve eksiklikten uzaktır." demiş oluyoruz.

Rükûdan doğrulurken; "Semiallâhü limen hamideh" yani "Allah kendisine hamd edenleri işitir." diyerek; dimdik ayakta durmaya geçiyoruz. Doğrulunca da; "Rabbena lekel hamd" yani "Hamd, Rabbimiz içindir!" diyoruz. "Allahu Ekber" diyerek secde yapıyoruz.

Şimdi sıra, lezzeti bir başka olan secdede!

Önce dizler, sonra eller,

Ardından da alın ve burun konsun yere, secdeye...

Ne güzel yerdir orası...

Baş iki el arasında, alın ve burun yere değer ve parmaklar kıbleye doğru.

Dirsekler yere değmez ve vücuda yapışık olmaz.

Ayak parmakları kıbleye dönük, topuklar bitişik.

Gözler açık ve burna bakıyor...

İnsan burada bambaşka bir huzur tadıyor.

Bu esnada üç kez:

"Sübhâne rabbiye'l-a'lâ" diyoruz...

Yani "Yüce olan Rabbim her türlü eksiklikten, noksan sıfatlardan uzaktır."

Secdeden kalkarken "Allahu Ekber" diyoruz.

Sonra oturuşa geçiyor ve
bir defa "Sübhânallâh" diyecek
kadar bekliyoruz.

Ardından tekrar secdeye
"Allahu Ekber" diyerek
varıyor ve yine üç kez
"Sübhâne rabbiye'l-a'lâ"
diyerek Allah'ı
tesbih ediyoruz...

Namazda iki hareket daha var anlatmam gereken; işte sıra onlara geldi. Kade-i Ûla ilk oturuş ve Kade-i Âhire son oturuş. Az evvel anlattıklarım her namazın bir rekâtında yaptığımız hareketlerdir. Bunları yaparak namazın bir rekâtını kılmış oluruz. Her namaz farklı sayıda rekâtlardan oluşur. Onları size daha sonra anlatacağım. Birinci rekât bittiğinde, yani secdeler tamamlandığında tekrar ayağa kalkılıp ikinci rekât da aynı şekilde kılınır ve oturulur.

Eğer namaz 2 rekâtlık ise bu son oturuş olur; 3 ya da 4 rekâtlıksa son oturuş olmaz; ikinci rekâtın ardından oturulur (Kade-i Ûla) dualar okunur ve kalkılıp diğer rekâtlar kılındıktan sonra son oturuşa (Kade-i Âhire) geçilir. Merak etmeyin bunların hepsini tek tek harika bir harita üzerinde size göstereceğim ve çok kolay anlaşılacak hepsi Allah'ın izniyle...

Kâde-i Ahire

Gelelim Kade-i Ahireye...
Burda oturuyoruz adı üstünde.
Ellerimiz dizlerimizin üzerinde,
Parmaklarımız hafif açık...
Dizlerimiz üzerinde otururuz..
Gözlerimiz dizlerimize bakıyor ve
dualar başlıyor:
Allahu Ekber ile... Önce Tahiyyat,
Ardından Salli ve Barik duaları
okunuyor. En sonda ise Rabbena
duaları geliyor. Bu dualardan ikisinin
Hazret-i İbrahim Peygamber'e ait
olduğunu biliyor musunuz?
Kur'an-ı Kerim'de de:
"Rabbicalni mugimessalati ve min zürriyyeti, Rabbena
ve tegabbel dua!" demiş Hazreti İbrahim Peygamber. Yani:
"Rabbim! Beni ve soyumdan gelecek olanları namazı devamlı
kılanlardan eyle; rabbimiz, duamı kabul et." (İbrahim Sûresi 40. âyet)

Yani namaz hep çok güzeldi, herkes onu kılardı
ve sevdikleri de kılsın isterdi...

İşte o nedenle:

"Hayye ale'l FELAAAAH" diyoruz ezanda...
"HAYDİ KURTULUŞA, İYİLEŞMEYE, HUZURA GELİN."

Ama biz şimdi namazın sonuna geldik tabi.
Dualarımız bitti ve sıra namazla selamlaşmaya geldi...

Başımızı önce sağ omzumuza, sonra sol omzumuza doğru çeviriyoruz. Bu esnalarda da tabi yine omuzlarımıza bakıyoruz ve:
"Esselamü aleyküm ve rahmetullah" diyoruz iki seferinde de...
"Allah'ın selamı, rahmeti ve bereketi üzerinize olsun." diyoruz sağımızdaki ve solumuzdaki tüm varlıklara... Aslında biraz da şöyle demiş oluyoruz:
"Ben şimdi namaz kıldım. Benden hiçbir canlıya zarar gelmez. Herkes benden yana selamette, güvendedir." İşte namaz insanı böyle güzelleştirir.

Önce Sağa

"Esselamü aleyküm ve rahmetullah"

Sonra Sola

"Esselamü aleyküm ve rahmetullah"

Bu arada namaz bitti diye üzülmeyin. Sırada dua etmek ve tesbih çekmek var güzelce. Haydi siz de gecikmeyin!

"Allâhümme entesselâmü ve minkesselâm, tebârakte yâ zel celâli vel ikrâm." denir.

"Alâ Rasûlinâ salavât", "Allâhümme salli a'lâ Seyyidinâ Muhammed" denilerek Peygamber Efendimiz'e (sav) salavat getirilir.

"Sübhânallâhi vel hamdü lillâhi ve lâ ilâhe illâllahü vallâhü ekber. Ve lâ havle ve lâ kuvvete illâ billâhil aliyyil azim." denir.

Daha sonra Âyete'l-Kürsî okunur. (s.71)

"Lâ ilâhe illâllâhü vahdehû lâ şerike leh. Lehü'l-mülkü ve lehü'l-hamdü ve hüve alâ külli şey'in kadîr."

"Sübhâne rabbiyel aliyyil a'lel vehhâb" denilir ve dua edilir.

Bu benim duam:

"Allah'ım biliyorum ki Sen beni çok seviyorsun. Ben de Seni çok ama çok seviyorum. Verdiğin tüm nimetler için Sana binlerce kez şükrediyorum. Annemi, babamı, beni, kardeşlerimi ve tüm ailemi koru. Tüm Müslümanları ve çocukları koru. İhtiyacı olanlara şifa ve rızık ver. İhtiyaç sahiplerine ulaşıp, yardım edebilmemizi sağla. Bize güç, kuvvet, sağlık ve hayırlı ilim ver. İnsanlara güzellikleri yayabilmemizi sağla."

Amin...

Sen de kendi duanı yazmak ister misin?

....

....

....

Pamuk gibi oluyorum şu güzeller güzeli namazımı kılınca...
Yüzüme kocaman bir gülümseme; kalbime kocaman bir huzur yayılıyor.

Nasıl ki karnımızın, bedenimizin ihtiyaçları varsa, kalbimizin de ihtiyaçları var ve işte namaz o ihtiyaç! Çünkü bu sefer karnımı değil, kalbimi, ruhumu doyuruyorum.

Şöyle anlatıyorum ben

"Niçin namaz kılarız?"

diye soranlara:

Çünkü namaza ihtiyacımız var. Namaz bize huzur verir, kalbimize iyi gelir.

Bu ihtiyacımızı bilen ve bizi en çok seven Rabbimiz bizim için namazı emrediyor. (Çocuklar için değil tabii, büyükler için. Ama ben şimdiden bu güzel namazı yaşamak ve sonra da düzenli kılmaya kolayca alışmak için namazlarımı kılmaya çalışıyorum.)

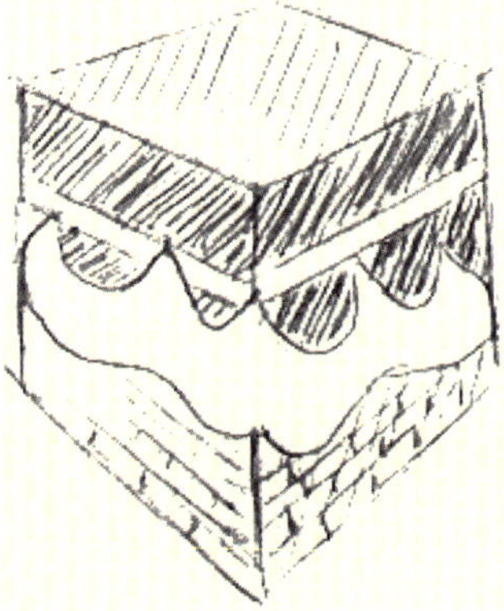

Namaz Rabbimizle bağımızı kuvvetlendirir, çünkü her şeyi geride bırakarak; sanki O'nunla başbaşa sohbet ediyormuş gibi hissettirir.

Namaz bizi kötülüklerden alıkoyar. (bkn. Ankebût Sûresi-45. âyet).
Okuduğumuz duaların anlamını bildiğimizde, o güzel sözleri farkettiğimizde kıldığımız namaz bizi kötülüklerden uzak tutar ve iyileştirir.

Namaz; bize buuuunca nimeti ikram eden Rabbi'mize teşekkür edebilmek ve sevgimizi gösterebilmek için en güzel imkanlardan biridir. Seven sevdiğine sevgisini göstermek ister. Mesela sevgimi göstermek için anneme resim yaparım, babama da annemle beraber kek yaparız. Allah'a sevgimi nasıl göstereceğim peki? Tabii ki namazla ve O'nu mutlu edecek, Peygamberimizden öğrendiğim diğer bütün güzel davranışlarla...

Peki senin farkettiğin, bildiğin başka neler var?

....

....

....

....

Etkinlik

Aşağıdaki şifrelemeyi dikkate alarak hangi saksı grubunun hangi namazı temsil ettiğini yazabilirsin.

....

....

....

....

....

Namaz vakitlerini saatler üzerinden göstererek akrep ve yelkovanla çizer misin?

Sabah Namazı | Öğle Namazı | İkindi Namazı | Akşam Namazı | Yatsı Namazı

Aşağıdaki cümlelerden doğru olanlara tik ✔, yanlış olanlara çarpı ✘ işareti atabilir misin?

- ◯ Öğle namazı farz ve sünneti ile toplamda 8 rekâttır.
- ◯ Akşam namazı sünneti farzından önce kılınır.
- ◯ İkindi namazı 4 rekât farz, 4 rekât sünnettir.
- ◯ Öğle namazının sonunda 2 rekât son sünnet kılınır.
- ◯ Yatsı namazının vitir vacibi 2 rekâttır.
- ◯ Sabah namazı sünneti farzından önce kılınır.

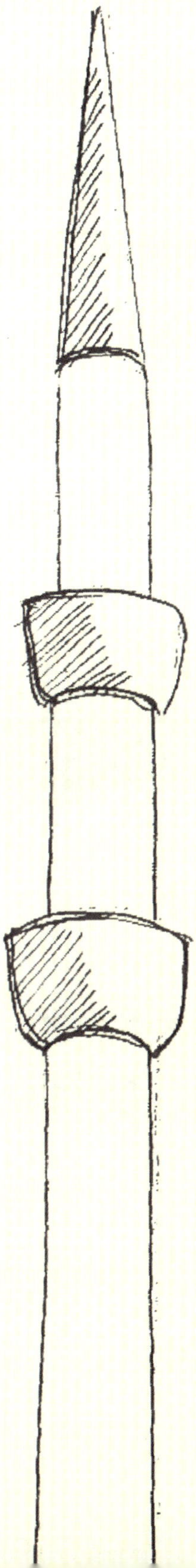

NAMAZ VAKİTLERİ

SABAH NAMAZI

- 2 rekât sünnet
- 2 rekât farz

ÖĞLE NAMAZI

- 4 rekât sünnet
- 4 rekât farz
- 2 rekât son sünnet

İKİNDİ NAMAZI

- 4 rekât sünnet
- 4 rekât farz

AKŞAM NAMAZI

- 3 rekât farz
- 2 rekât sünnet

YATSI NAMAZI

- 4 rekât sünnet
- 4 rekât farz
- 2 rekât sünnet
- 3 rekât vitir

Namaz vakitleri renklere göre ayrıt edilmiştir.

Her renk aynı şekilde kılınabilir.

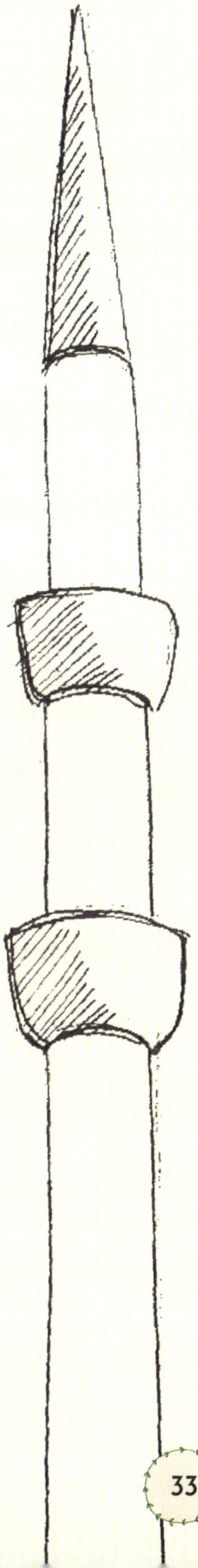

Etkinlik

Kıyam-Rükû-Secde Oyunu

Gece gündüz oyununu biliyor musun? Gece deyince başımızı masaya koyuyoruz. Gündüz deyince kaldırıyoruz. Bu şekilde oyun lideri bütün oyuncuların komutlarını takip etmesini istiyor. Komuttan sonra yanlış hareketi yapan oyuncu oyundan eleniyor. Şimdi bu oyunu aynı şekilde rükû- kıyam-secde şeklinde oynayabilirsin. Yani komutlar doğrultusunda her bir hareketi vücudunla göstermen gerekecek.

Heykel Oyunu

Oyuncuların tamamı saf olur gibi sıralanır. İçlerinden lider oyuncu gözlerini kapatıp bir tekerleme söyler. Tekerleme bittiğinde arkasına dönüp "Heykel ol." der. Tüm oyuncular da o an hiç kımıldamadan heykellere dönüşüp, öylece beklerler. Lider, oyuncuları tek tek güldürmeye ve hareket ettirmeye çalışır. Hiç hareket etmeden ve gülmeden sona kalan oyuncu oyunu kazanır. Lider, "Heykel ol" yerine "Rükû, secde, kıyam, dua, tesbih" gibi farklı komutlar söylediği anda oyuncular doğru şekli alıp donmalılar.

VAKİT NAMAZLARI NASIL KILINIR?

1-Sabah Namazı

2-Öğle Namazı

3-İkindi Namazı

4-Akşam Namazı

5-Yatsı Namazı

SABAH NAMAZININ KILINIŞI

Sabah namazının sünneti 2 rekâttır.

1. Rekât

NİYET

Seccade kıbleye doğru serilmeli. Hangi namazın kılınacağı bilinip, niyet ona göre yapılmalıdır.

1

"Niyet ettim Allah rızası için sabah namazının sünnetini kılmaya"

İFTİTAH TEKBİRİ

Eller avuç içleri kıbleye dönük olacak şekilde kulaklara kadar kaldırılır. Baş parmaklar kulak yumuşağına değdirilir.

2

"Allâhu Ekber"

KIYAM - KIRAAT

Sağ elin baş parmağı ile küçük parmak sol elin bileğini kavrar ve göbeğin altına konur. Vücut dik. Gözler secdeye bakar.

3

Sübhâneke (s. 51)
Eûzü Besmele
Fatiha (s. 58)
Bir Sûre (s. 60-73)

RÜKÛ

Eğilerek sırt ve baş düz tutulur. El parmakları açık, sıkıca diz kapaklarını kavramış, bacak ve kollar gergin, ayakların arası en az dört parmak açılır. Gözler ayaklara bakar.

4

"Allâhu Ekber"
"Sübhâne rabbiye'l-azim"
(3 defa)

2. Rekât

9

Besmele
Fatiha (s. 51)
Bir Sûre (s. 60-73)

10

"Allâhu Ekber"
"Sübhâne rabbiyel azim"
(3 defa)

11

"Semiâllahü limen hamideh"
"Rabbenâ leke'l-hamd"

12

"Allâhu Ekber"
"Sübhâne rabbiyel a'lâ"
(3 defa)

2 rekât sünnet | 2 rekât farz | Toplam 4 rekâttır.

Sabah namazının farzı 2 rekâttır.

KIYAM

Rükudan doğrulurken * denir. Dimdik durulur. ** denir.

5

* "Semiâllahü limen hamideh"
**"Rabbenâ leke'l-hamd"

SECDE

Önce dizler, sonra eller, sonra alın ve burun yere konur. El ve ayak parmakları kıbleye doğru çevrilir. Baş, eller arasındadır. Dirsekler yere ve vücuda, karın da bacaklara değmez. Topuklar bitişik. Gözler açık, burna bakar.

6

"Allâhu Ekber"
"Sübhâne rabbiyel a'lâ"
(3 defa)

Bir defa sübhânallâh diyecek kadar beklenir, tekrar secdeye gidilir.

7

"Allâhu Ekber"

8

"Allâhu Ekber"
"Sübhâne rabbiyel a'lâ"
(3 defa)

13

"Allâhü Ekber"

14

"Allâhu Ekber"
"Sübhâne rabbiyel a'lâ"
(3 defa)

KA'DE-İ AHÎRE

Eller dizler üstünde, parmaklar biraz açık, sağ ayak dik ve parmaklar kıbleye doğru, sol ayak üstüne oturulur. Gözler dizlere bakar.

15

"Allâhu Ekber"
Tahiyyat (s. 52)
Salli Barik Duaları (s. 53)
Rabbena Duaları (s. 54)

Önce sağa, sonra sola selam verilir. Sağa selam verilirken sağ omuza, sola selam verilirken sol omuza bakılır.

16

"Esselâmü aleyküm ve rahmetullâh" (sağ-sol)

ÖĞLE NAMAZININ KILINIŞI

Öğle namazının sünneti 4 rekâttır.

1. "Niyet ettim Allah rızası için öğle namazının sünnetini kılmaya"
2. "Allâhu Ekber"

1. Rekât

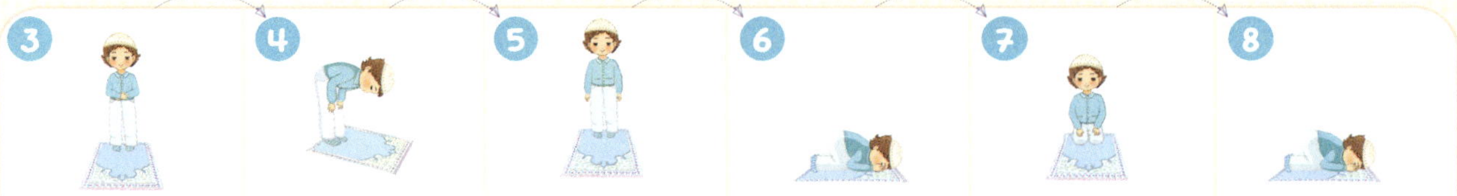

3. Sübhâneke (s. 51) Fatiha (s. 58) Bir Sûre (sf 60-73)
4. "Allâhu Ekber" "Sübhâne rabbiyel azim" (3 defa)
5. "Semiâllahü limen hamideh" "Rabbenâ leke'l-hamd"
6. "Allâhu Ekber" "Sübhâne rabbiyel a'lâ" (3 defa)
7. "Allâhu Ekber"
8. "Allâhu Ekber" "Sübhâne rabbiyel a'lâ" (3 defa)

2. Rekât

9. Fatiha (s. 58) Bir Sûre (s. 60-73)
10. "Allâhu Ekber" "Sübhâne rabbiyel azim" (3 defa)
11. "Semiâllahü limen hamideh" "Rabbenâ leke'l-hamd"
12. "Allâhu Ekber" "Sübhâne rabbiyel a'lâ" (3 defa)
13. "Allâhu Ekber"
14. "Allâhu Ekber" "Sübhâne rabbiyel a'lâ" (3 defa)
15. "Allâhu Ekber" Tahiyyât (s. 52) "Allâhu Ekber"

3. Rekât

16. Fatiha (s. 58) Bir Sûre (s. 60-73)
17. "Allâhu Ekber" "Sübhâne rabbiyel azim" (3 defa)
18. "Semiâllahü limen hamideh" "Rabbenâ leke'l-hamd"
19. "Allâhu Ekber" "Sübhâne rabbiyel a'lâ" (3 defa)
20. "Allâhu Ekber"
21. "Allâhu Ekber" "Sübhâne rabbiyel a'lâ" (3 defa)

4. Rekât

22. Fatiha (s. 58) Bir Sûre (s. 60-73)
23. "Allâhu Ekber" "Sübhâne rabbiyel azim" (3 defa)
24. "Semiâllahü limen hamideh" "Rabbenâ leke'l-hamd"
25. "Allâhu Ekber" "Sübhâne rabbiyel azim" (3 defa)
26. "Allâhu Ekber"
27. "Allâhu Ekber" "Sübhâne rabbiyel azim" (3 defa)
28. "Allâhu Ekber" Tahiyyât (s. 52) Salli - Bârik (s. 53) Rabbenâ Duaları (s. 54)

29. "Esselâmü aleyküm ve rahmetullâh" (sağ-sol)

4 rekât sünnet | 4 rekât farz | 2 rekât son sünnet

Toplam 10 rekâttır.

Öğle namazının farzı 4 rekâttır.

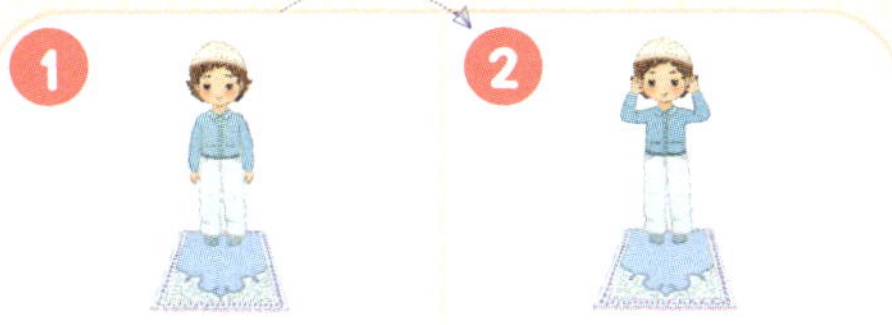

1. "Niyet ettim Allah rızası için öğle namazının farzını kılmaya"
2. "Allâhu Ekber"

1. Rekât

3. Sübhâneke (s. 51) Fatiha (s. 58) Bir Sûre (s. 60-73)
4. "Allâhu Ekber" "Sübhâne rabbiyel azim" (3 defa)
5. "Semiâllahü limen hamideh" "Rabbenâ leke'l-hamd"
6. "Allâhu Ekber" "Sübhâne rabbiyel a'lâ" (3 defa)
7. "Allâhu Ekber"
8. "Allâhu Ekber" "Sübhâne rabbiyel a'lâ" (3 defa)

2. Rekât

9. Fatiha (s. 58) Bir Sûre (s. 60-73)
10. "Allâhu Ekber" "Sübhâne rabbiyel azim" (3 defa)
11. "Semiâllahü limen hamideh" "Rabbenâ leke'l-hamd"
12. "Allâhu Ekber" "Sübhâne rabbiyel a'lâ" (3 defa)
13. "Allâhu Ekber"
14. "Allâhu Ekber" "Sübhâne rabbiyel a'lâ" (3 defa)
15. "Allâhu Ekber" Tahiyyât (s. 52) "Allâhu Ekber"

3. Rekât

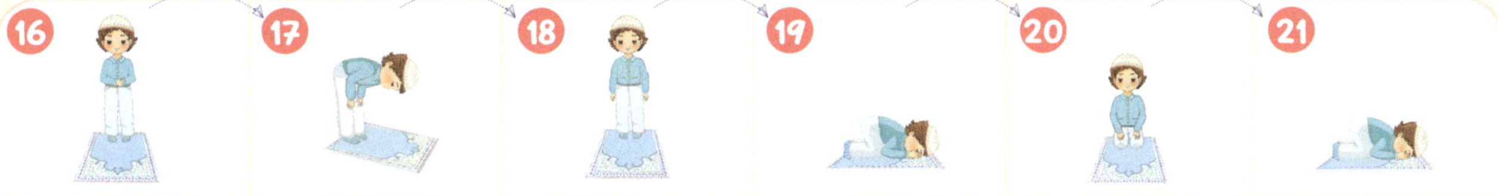

16. Fatiha (s. 58)
17. "Allâhu Ekber" "Sübhâne rabbiyel azim" (3 defa)
18. "Semiâllahü limen hamideh" "Rabbenâ leke'l-hamd"
19. "Allâhu Ekber" "Sübhâne rabbiyel a'lâ" (3 defa)
20. "Allâhu Ekber"
21. "Allâhu Ekber" "Sübhâne rabbiyel a'lâ" (3 defa)

4. Rekât

22. Fatiha (s. 58)
23. "Allâhu Ekber" "Sübhâne rabbiyel azim" (3 defa)
24. "Semiâllahü limen hamideh" "Rabbenâ leke'l-hamd"
25. "Allâhu Ekber" "Sübhâne rabbiyel a'lâ" (3 defa)
26. "Allâhu Ekber"
27. "Allâhu Ekber" "Sübhâne rabbiyel a'lâ" (3 defa)
28. "Allâhu Ekber" Tahiyyât (s. 52) Salli - Bârik (s. 53) Rabbenâ Duaları (s. 54)

29. "Esselâmü aleyküm ve rahmetullâh" (sağ-sol)

Öğle namazının son sünneti 2 rekâttır.

Sabah namazının farzı ve sünneti gibi kılınır. (s. 36-37)

İKİNDİ NAMAZININ KILINIŞI

İkindi namazının sünneti 4 rekâttır.

1

"Niyet ettim Allah rızası için ikindi namazının sünnetini kılmaya"

2

"Allâhu Ekber"

1. Rekât

3

Sübhâneke (s. 51)
Fatiha (s. 58)
Bir Sûre (s. 60-73)

4

"Allâhu Ekber"
"Sübhâne rabbiyel azim"
(3 defa)

5

"Semiâllahü limen hamideh"
"Rabbenâ leke'l-hamd"

6

"Allâhu Ekber"
"Sübhâne rabbiyel a'lâ"
(3 defa)

7

"Allâhu Ekber"

8

"Allâhu Ekber"
"Sübhâne rabbiyel a'lâ"
(3 defa)

2. Rekât

9

Fatiha (s. 58)
Bir Sûre (s. 60-73)

10

"Allâhu Ekber"
"Sübhâne rabbiyel azim"
(3 defa)

11

"Semiâllahü limen hamideh"
"Rabbenâ leke'l-hamd"

12

"Allâhu Ekber"
"Sübhâne rabbiyel a'lâ"
(3 defa)

13

"Allâhu Ekber"

14

"Allâhu Ekber"
"Sübhâne rabbiyel a'lâ"
(3 defa)

15

"Allâhu Ekber"
Tahiyyât (s. 52)
Salli - Bârik (s. 53)
"Allâhu Ekber"

3. Rekât

16

Sübhâneke (s. 51)
Fatiha (s. 58)
Bir Sûre (s. 60-73)

17

"Allâhu Ekber"
"Sübhâne rabbiyel azim"
(3 defa)

18

"Semiâllahü limen hamideh"
"Rabbenâ leke'l-hamd"

19

"Allâhu Ekber"
"Sübhâne rabbiyel a'lâ"
(3 defa)

20

"Allâhu Ekber"

21

"Allâhu Ekber"
"Sübhâne rabbiyel a'lâ"
(3 defa)

4. Rekât

22

Fatiha (s. 58)
Bir Sûre (s. 60-73)

23

"Allâhu Ekber"
"Sübhâne rabbiyel azim"
(3 defa)

24

"Semiâllahü limen hamideh"
"Rabbenâ leke'l-hamd"

25

"Allâhu Ekber"
"Sübhâne rabbiyel a'lâ"
(3 defa)

26

"Allâhu Ekber"

27

"Allâhu Ekber"
"Sübhâne rabbiyel a'lâ"
(3 defa)

28

"Allâhu Ekber"
Tahiyyât (s. 52)
Salli - Bârik (s. 53)
Rabbenâ Duaları (s. 54)

29

"Esselâmü aleyküm ve rahmetullâh"
(sağ-sol)

4 rekât sünnet | 4 rekât farz | Toplam 8 rekâttır.

İkindi namazının farzı 4 rekâttır.

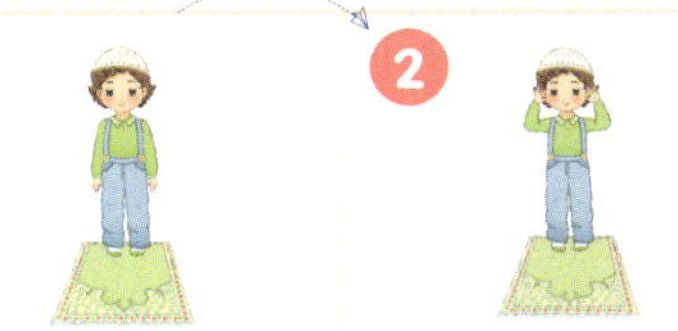

1. "Niyet ettim Allah rızası için ikindi namazının farzını kılmaya"
2. "Allâhu Ekber"

1. Rekât

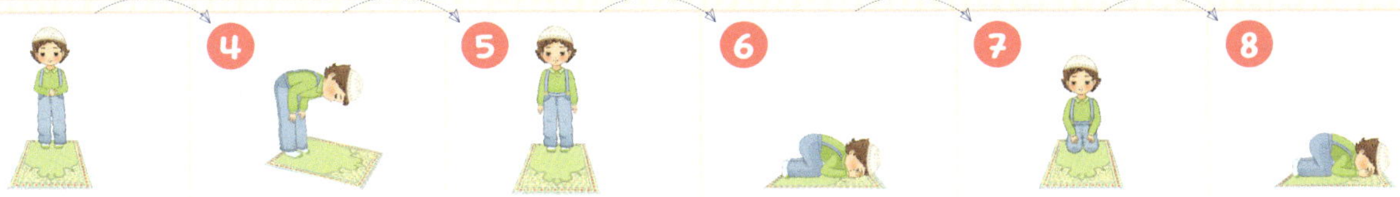

3. Sübhâneke (s. 51) Fatiha (s. 58) Bir Sûre (s. 60-73)
4. "Allâhu Ekber" "Sübhâne rabbiyel azim" (3 defa)
5. "Semiâllahü limen hamideh" "Rabbenâ leke'l-hamd"
6. "Allâhu Ekber" "Sübhâne rabbiyel a'lâ" (3 defa)
7. "Allâhu Ekber"
8. "Allâhu Ekber" "Sübhâne rabbiyel a'lâ" (3 defa)

2. Rekât

9. Fatiha (s. 58) Bir Sûre
10. "Allâhu Ekber" "Sübhâne rabbiyel azim" (3 defa)
11. "Semiâllahü limen hamideh" "Rabbenâ leke'l-hamd"
12. "Allâhu Ekber" "Sübhâne rabbiyel a'lâ" (3 defa)
13. "Allâhu Ekber"
14. "Allâhu Ekber" "Sübhâne rabbiyel a'lâ" (3 defa)
15. "Allâhu Ekber" Tahiyyât (s. 52) "Allâhu Ekber"

3. Rekât

16. Fatiha (s. 58)
17. "Allâhu Ekber" "Sübhâne rabbiyel azim" (3 defa)
18. "Semiâllahü limen hamideh" "Rabbenâ leke'l-hamd"
19. "Allâhu Ekber" "Sübhâne rabbiyel a'lâ" (3 defa)
20. "Allâhu Ekber"
21. "Allâhu Ekber" "Sübhâne rabbiyel a'lâ" (3 defa)

4. Rekât

22. Fatiha (s. 58)
23. "Allâhu Ekber" "Sübhâne rabbiyel azim" (3 defa)
24. "Semiâllahü limen hamideh" "Rabbenâ leke'l-hamd"
25. "Allâhu Ekber" "Sübhâne rabbiyel a'lâ" (3 defa)
26. "Allâhu Ekber"
27. "Allâhu Ekber" "Sübhâne rabbiyel a'lâ" (3 defa)
28. "Allâhu Ekber" Tahiyyât (s. 52) Salli - Bârik (s. 53) Rabbenâ Duaları (s. 54)

29. "Esselâmü aleyküm ve rahmetullâh" (sağ-sol)

AKŞAM NAMAZININ KILINIŞI

3 rekât farz | **2 rekât sünnet** | Toplam 5 rekâttır.

Akşam namazının farzı 3 rekâttır.

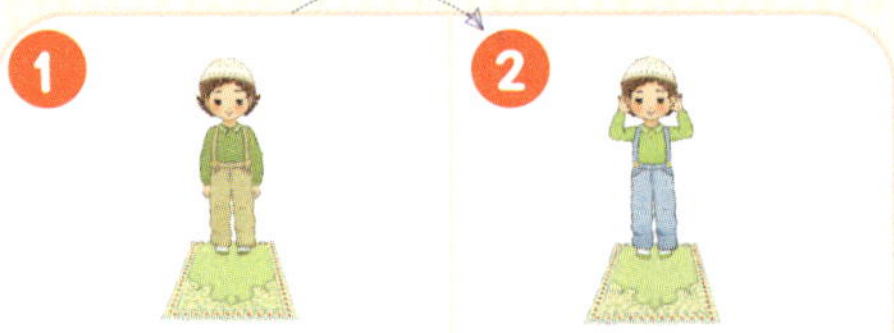

1	2
"Niyet ettim Allah rızası için akşam namazının farzını kılmaya"	"Allâhu Ekber"

1. Rekât

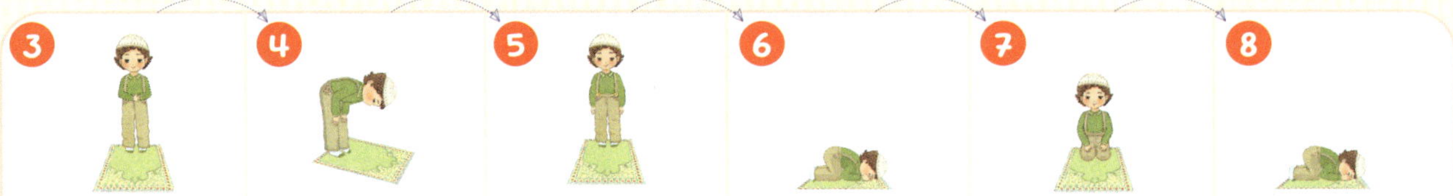

3	4	5	6	7	8
Sübhâneke (s. 51) Fatiha (s. 58) Bir Sûre (s. 60-73)	"Allâhu Ekber" "Sübhâne rabbiyel azim" (3 defa)	"Semiâllahü limen hamideh" "Rabbenâ leke'l-hamd"	"Allâhu Ekber" "Sübhâne rabbiyel a'lâ" (3 defa)	"Allâhu Ekber"	"Allâhu Ekber" "Sübhâne rabbiyel a'lâ" (3 defa)

2. Rekât

9	10	11	12	13	14	15
Fatiha (s. 58) Bir Sûre (s. 60-73)	"Allâhu Ekber" "Sübhâne rabbiyel azim" (3 defa)	"Semiâllahü limen hamideh" "Rabbenâ leke'l-hamd"	"Allâhu Ekber" "Sübhâne rabbiyel a'lâ" (3 defa)	"Allâhu Ekber"	"Allâhu Ekber" "Sübhâne rabbiyel a'lâ" (3 defa)	"Allâhu Ekber" Tahiyyât (s. 52) "Allâhu Ekber"

3. Rekât

16	17	18	19	20	21	22
Fatiha (s. 58)	"Allâhu Ekber" "Sübhâne rabbiyel azim" (3 defa)	"Semiâllahü limen hamideh" "Rabbenâ leke'l-hamd"	"Allâhu Ekber" "Sübhâne rabbiyel a'lâ" (3 defa)	"Allâhu Ekber"	"Allâhu Ekber" "Sübhâne rabbiyel a'lâ" (3 defa)	"Allâhu Ekber" Tahiyyât (s. 52) Salli - Bârik (s. 53) Rabbenâ Duaları (s. 54)

23
"Esselâmü aleyküm ve rahmetullâh" (sağ-sol)

Akşam namazının sünneti 2 rekâttır.
Sabah namazının farzı ve sünneti gibi kılınır.

YATSI NAMAZI KILINIŞI

4 rekât sünnet | 4 rekât farz | 2 rekât son sünnet | 3 rekât vitir

Toplam 13 rekâttır.

Yatsı namazının sünneti 4 rekâttır.
İkindi namazının sünneti gibi kılınır.

Yatsı namazının farzı 4 rekâttır.
Öğle ve ikindi namazının farzı gibi kılınır.

Yatsı namazının son sünneti 2 rekâttır.
Sabah namazının farzı ve sünneti gibi kılınır.

Vitir namazı 3 rekâttır.

Vitir namazının kılınışı

1. "Niyet ettim Allah rızası için vitir namazını kılmaya"
2. "Allâhu Ekber"

1. Rekât

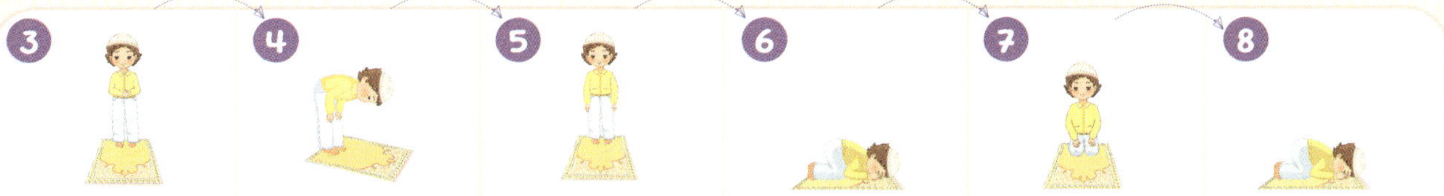

3. Sübhâneke (s. 51) Fatiha (s. 58) Bir Sûre (s. 60-73)
4. "Allâhu Ekber" "Sübhâne rabbiyel azim" (3 defa)
5. "Semiâllahü limen hamideh" "Rabbenâ leke'l-hamd"
6. "Allâhu Ekber" "Sübhâne rabbiyel a'lâ" (3 defa)
7. "Allâhu Ekber"
8. "Allâhu Ekber" "Sübhâne rabbiyel a'lâ" (3 defa)

2. Rekât

9. Fatiha (s. 51) Bir Sûre (s. 60-73)
10. "Allâhu Ekber" "Sübhâne rabbiyel azim" (3 defa)
11. "Semiâllahü limen hamideh" "Rabbenâ leke'l-hamd"
12. "Allâhu Ekber" "Sübhâne rabbiyel a'lâ" (3 defa)
13. "Allâhu Ekber"
14. "Allâhu Ekber" "Sübhâne rabbiyel a'lâ" (3 defa)
15. "Allâhu Ekber" Tahiyyât (s. 52) "Allâhu Ekber"

3. Rekât

16. Fatiha (s. 51) Bir Sûre (s. 60-73)
17. "Allâhu Ekber"
18. Kunut Duaları
19. "Allâhu Ekber" "Sübhâne rabbiyel azim" (3 defa)
20. "Semiâllahü limen hamideh" "Rabbenâ leke'l-hamd"
21. "Allâhu Ekber" "Sübhâne rabbiyel a'lâ" (3 defa)
22. "Allâhu Ekber"
23. "Allâhu Ekber" "Sübhâne rabbiyel a'lâ" (3 defa)
24. "Allâhu Ekber" Tahiyyât (s. 52) Salli - Bârik (s. 53) Rabbenâ Duaları (s. 54)

25. "Esselâmü aleyküm ve rahmetullâh" (sağ-sol)

NAMAZ ÇİZELGEM

	Sabah Namazı	Öğle Namazı	İkindi Namazı	Akşam Namazı	Yatsı Namazı
1. Gün					
2. Gün					
3. Gün					
4. Gün					
5. Gün					
6. Gün					
7. Gün					
8. Gün					
9. Gün					
10. Gün					
11. Gün					
12. Gün					
13. Gün					
14. Gün					
15. Gün					
16. Gün					
17. Gün					
18. Gün					
19. Gün					
20. Gün					
21. Gün					
22. Gün					
23. Gün					
24. Gün					
25. Gün					
26. Gün					
27. Gün					
28. Gün					
29. Gün					
30. Gün					

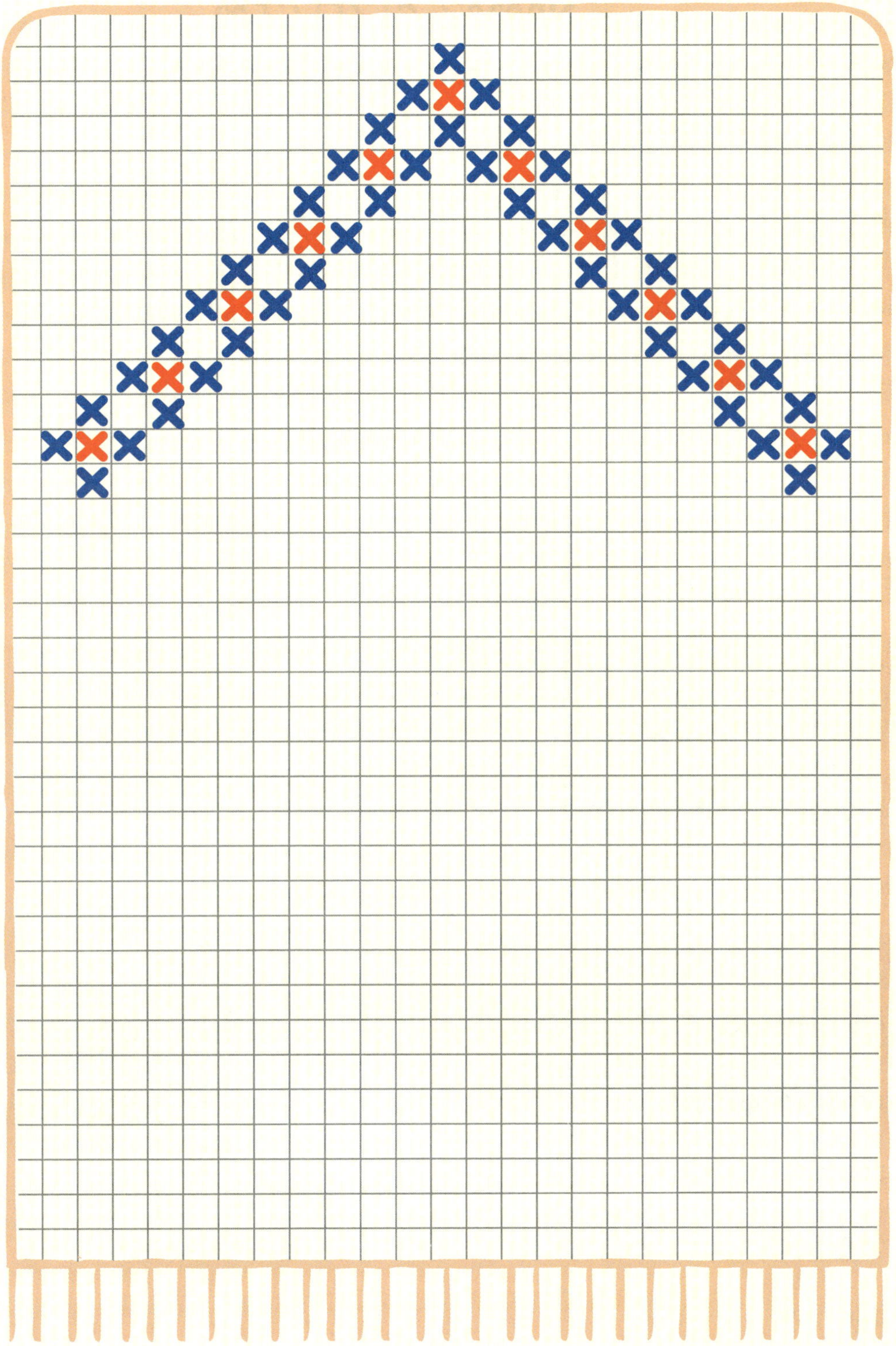

Seccade şablonu üzerindeki kutucukları çarpı şeklinde işaretleyerek kendi seccadeni tasarlayabilirsin.

Aşağıdaki durumlardan hangileri namazımızı tekrar kılmamızı gerektirir, işaretleyebilir misin?

- Namazda secdeye gidildiğinde iki ayağın birden yerden kaldırılması
- Namazda Fatihadan sonra bir sure okumak gereken durumda okumamak
- Namazdayken birisinin önümüzden geçmesi
- Namazda kıbleden başka bir yöne dönme
- Namazda bir şey yiyip içme
- Namazda abdestin bozulması
- Namazda telefonun çalması
- Kıyafetleri ters giyme
- Seccade sermemiş olma
- Namazda uyuyakalma
- Namazda konuşma
- Göz kırpmak
- Namazda gülmek
- Esnemek
- Hapşırmak
- Kaşınmak

Cevapları bir büyüğünle kontrol edebilirsin.

UNUTAMADIĞIM CAMİ ZİYARETLERİM

Caminin İsmi

Rengi/ Kokusu

Beni En Çok Etkileyen Özelliği

Varsa Oraya Özel Süslemesi

Orda Yaşadığım Bir Anı

....

....

....

....

....

....

NAMAZ RÖPORTAJI

Tarih: ....

Bu röportajı .... gerçekleştirdim.

Çünkü.. öğrenmek istedim.

İlk namazınızı kaç yaşlarındayken kıldınız? Nasıl hissettiğinizi hatırlıyor musunuz?

....

....

....

Çocukken yaşadığınız komik bir namaz anınız var mı?

....

....

....

Büyükleriniz sizi nasıl tebrik etti?

....

....

....

DUALAR-SÛRELER

1- Rukû-Secde Duası
2- Sübhâneke Duası
3- Tahiyyat Duası
4-Allahümme Salli / Allahümme Barik Duaları
5-Rabbena Atina / Rabbenağfirli Duaları
6-Kunut Duası-1 / Kunut Duası-2
7-Ezan Duası

1-Fatiha Sûresi
2-Fil Sûresi
3-Kureyş Sûresi
4-Mâûn Sûresi
5-Kevser Sûresi
6-Kâfirûn Sûresi
7-Nasr Sûresi
8-Tebbet Sûresi
9-İhlas Sûresi
10-Felâk Sûresi
11-Nâs Sûresi
12-Âyete'l-Kürsî
13-Hüvallâhüllezî
14-Âmenerrâsûlü

RÜKÛ-SECDE DUALARI

اَللّٰهُ | اَكْبَرُ

RÜKÛDA OKUNACAK DUA

سُبْحَانَ | رَبِّىَ الْعَظِيمِ ۝

KIYAMDA OKUNACAK DUA

سَمِعَ اللّٰهُ | لِمَنْ | حَمِدَهُ ۝ | رَبَّنَا | وَلَكَ الْحَمْدُ ۝

SECDEDE OKUNACAK DUA

سُبْحَانَ | رَبِّىَ الْاَعْلٰى ۝

SELAM VERİRKEN OKUNACAK DUA

اَلسَّلَامُ | عَلَيْكُمْ | وَ رَحْمَةُ اللّٰهِ ۝

SÜBHÂNEKE DUASI

اَللّٰهُ اَكْبَرُ

سُبْحَانَكَ اللّٰهُمَّ وَبِحَمْدِكَ

وَتَبَارَكَ اسْمُكَ

وَتَعَالٰى جَدُّكَ

(Bu kısım cenaze namazında okunur.) (وَجَلَّ ثَنَآؤُكَ)

وَلَٓا اِلٰهَ غَيْرُكَ

Duaları okumaya başlarken önce, "Allahu Ekber" deriz. Sübhâneke duası, namazların ilk rekâtlarında kıraat sırasında yani ayakta durduğumuzda Fatiha sûresinden önce okunur. Duada Allah'tan başka ilah olmadığı, O'nun çok yüce ve her türlü eksiklikten uzak olduğu anlatılır.

Dinlemek istersen karekodu okut.

TAHİYYAT DUASI

اَللّٰهُ اَكْبَرُ

اَلتَّحِيَّاتُ لِلّٰهِ وَالصَّلَوَاتُ وَالطَّيِّبَاتُ

اَلسَّلَامُ عَلَيْكَ اَيُّهَا النَّبِيُّ وَرَحْمَةُ اللّٰهِ وَبَرَكَاتُهُ

اَلسَّلَامُ عَلَيْنَا وَعَلٰى عِبَادِ اللّٰهِ الصَّالِحِينَ

اَشْهَدُ أَنْ لَآ اِلٰهَ اِلَّا اللّٰهُ

وَاَشْهَدُ اَنَّ مُحَمَّدًا عَبْدُهُ وَرَسُولُهُ

Bu dua, namazda oturduğumuz sırada okunur. Duada bütün güzel sözlerin Allah'a mahsus (ait) olduğundan bahsedilip, kullara selam olsun denilmiştir. Bu duada Kelime-i Şehadet de yer almaktadır. Müslüman olmanın ilk ve en önemli şartı Kelime-i Şehadeti söylemektir. Manası ise şöyledir:

"Allah'tan başka ilah yoktur. Hz. Muhammed O'nun kulu ve elçisidir." Bu dua aslında; Peygamber Efendimiz'in (sav) Miraç Gecesi Allah-u Teala ile birbirlerini selamlama sözleridir.

ALLAHÜMME SALLİ VE ALLAHÜMME BARİK DUASI

اَللّٰهُ اَكْبَرُ

اَللّٰهُمَّ صَلِّ عَلٰى مُحَمَّدٍ وَعَلٰٓى اٰلِ مُحَمَّدٍ

كَمَا صَلَّيْتَ عَلٰٓى اِبْرَاهِيمَ وَعَلٰٓى اٰلِ اِبْرَاهِيمَ

اِنَّكَ حَمِيدٌ مَجِيدٌ

اَللّٰهُمَّ بَارِكْ عَلٰى مُحَمَّدٍ وَعَلٰٓى اٰلِ مُحَمَّدٍ

كَمَا بَارَكْتَ عَلٰٓى اِبْرَاهِيمَ وَعَلٰٓى اٰلِ اِبْرَاهِيمَ

اِنَّكَ حَمِيدٌ مَجِيدٌ

Bu dualar namazda Tahiyyat duasından sonra okunur. Allahümme Salli duasında: "Hz. İbrahim ve ailesine salat ettiğin gibi Hz. Muhammed'e ve ailesine de salat et." deriz. Salat; dua etmek, rahmet etmek, destek olup yardım etmek gibi anlamlar taşır. Allahümme Barik duasındaysa: "Hz. İbrahim ve ailesine bereket ihsan ettiğin gibi Hz. Muhammed'e ve ailesine de bereket ihsan et" demiş oluruz. Bu duaları Peygamber Efendimiz (sav); arkadaşları olan sahabelerin, Peygamberimizden "Nasıl salat getireceklerini" öğrenmeyi istemeleri üzerine söyleyip öğretmiştir.

RABBENA DUALARI

اَللّٰهُ اَكْبَرُ

رَبَّنَٓا اٰتِنَا فِى الدُّنْيَا حَسَنَةً

وَفِى الْاٰخِرَةِ

حَسَنَةً وَقِنَا عَذَابَ النَّارِ ۝١

رَبَّنَا اغْفِرْلِى وَلِوَالِدَيَّ

وَلِلْمُؤْمِنِينَ

يَوْمَ يَقُومُ الْحِسَابُ ۝١

Rabbena Atina ve Rabbenağfirli duaları namazda son oturuşta Tahiyyat, Allahümme Salli ve Allahümme Barik dualarından sonra okunur. Bu dualar Hazreti İbrahim Peygamber'in dualarıdır ve Kuran'da geçer.

"Allah'ım bize dünya ve ahirette iyilik ver..."

"Beni, annemi, babamı ve bütün Müslümanları bağışla..."

EZAN DUASI

اَللّٰهُ | اَكْبَرُ

اَللّٰهُمَّ | رَبَّ | هٰذِهِ | الدَّعْوَةِ | التَّامَّةِ ١

وَالصَّلٰوةِ | الْقَآئِمَةِ ٢

اٰتِ مُحَمَّدًا | الْوَسِيلَةَ | وَالْفَضِيلَةَ | وَالدَّرَجَةَ | الرَّفِيعَةَ ٣

وَابْعَثْهُ | مَقَامًا | مَحْمُودًا | الَّذِي | وَعَدْتَهُ ٤

اِنَّكَ | لَا تُخْلِفُ | الْمِيعَادَ ٥

Ezan sonrası yapılan bir duadır. Peygamberimiz Hz. Muhammed(sav) ezan sonrası bu duayı yapan kişiler için ahirette dua edeceğini söylemiştir.

KUNUT DUALARI 1

اَللّٰهُ اَكْبَرُ

اَللّٰهُمَّ اِنَّا نَسْتَعٖينُكَ وَنَسْتَغْفِرُكَ وَنَسْتَهْدٖيكَ ۝

وَنُؤْمِنُ بِكَ وَنَتُوبُ اِلَيْكَ ۝

وَنَتَوَكَّلُ عَلَيْكَ ۝

وَنُثْنٖى عَلَيْكَ الْخَيْرَ كُلَّهُ نَشْكُرُكَ وَلَانَكْفُرُكَ ۝

وَنَخْلَعُ وَنَتْرُكُ مَنْ يَفْجُرُكَ ۝

Dualarda: Yalnızca Allah'tan yardım ve rahmet istediğimizi, O'nun için ibadet ettiğimizi, O'na inanıp güvendiğimizi, O'nu çok sevdiğimizi, bize ikram ettiği bütün nimetlerin farkında olup, O'na teşekkür ettiğimizi, hatalarımız için özür dilediğimizi söylemiş oluruz. Kunut Duaları, yatsı namazında vitir namazının son rekâtında (kıyam) Fatiha ve okumak için seçtiğimiz kısa sûrenin ardından "Allahu Ekber" diye tekbir alınıp, ellerin bağlanması ile okunan dualardır.

KUNUT DUALARI 2

اَللّٰهُ اَكْبَرُ

اَللّٰهُمَّ اِيَّاكَ نَعْبُدُ وَلَكَ نُصَلّ۪ى وَنَسْجُدُ ۝

وَاِلَيْكَ نَسْعٰى وَنَحْفِدُ ۝

نَرْجُوا رَحْمَتَكَ وَنَخْشٰى عَذَابَكَ ۝

اِنَّ عَذَابَكَ بِالْكُفَّارِ مُلْحِقٌ ۝

FATİHA SÛRESİ

بِسْمِ اللّٰهِ الرَّحْمٰنِ الرَّح۪يمِ ﴿١﴾

اَلْحَمْدُ لِلّٰهِ رَبِّ الْعَالَم۪ينَۙ ﴿٢﴾

اَلرَّحْمٰنِ الرَّح۪يمِۙ ﴿٣﴾

مَالِكِ يَوْمِ الدّ۪ينِۜ ﴿٤﴾

اِيَّاكَ نَعْبُدُ وَاِيَّاكَ نَسْتَع۪ينُۜ ﴿٥﴾

اِهْدِنَا الصِّرَاطَ الْمُسْتَق۪يمَۙ ﴿٦﴾

صِرَاطَ الَّذ۪ينَ اَنْعَمْتَ عَلَيْهِمْۙ

غَيْرِ الْمَغْضُوبِ عَلَيْهِمْ وَلَا الضَّٓالّ۪ينَ ﴿٧﴾

FATİHA SÛRESİ BİZE NE ANLATIYOR?

Kur'an-ı Kerimin ilk sûresi olan Fatiha başlangıç, açılış anlamına gelir. İstanbul'u fetheden Sultan Mehmet'e; "FATİH" Sultan Mehmet denilmesinin sebebi de budur. Mekke döneminde indirilmiştir ve yedi âyettir. Namazların her rekâtında, ayakta duruş sırasında(kıyam) okunur.

Bu sûreyi okuduğumuzda: "Hamd, alemlerin Rabb'i Olan Allah'adır." diyerek Rabbimize, kullarına karşı iyi ve adaletli davranacağımıza söz vermiş oluruz adeta. Yani: "Bütün alemlerin Rabbi olduğunun farkındayım Ey Rabbim, öyleyse Senin yarattığın kulların olan hayvanlara (hayvanlar alemine), insanlara ve kainattaki tüm varlıklara bunun farkında olarak yaklaşıp/ davranacağım" demiş oluruz. Ayrıca Rabbimizin RAHMAN VE RAHİM isimlerini de hatırlar, O'nun merhametine sımsıkı sarılırız.

Yalnızca Rabbimize ibadet edip, ondan yardım istediğimizi; O'nu herşeyin ve herkesin üstünde tutup, çoook sevip, en çok kıymet verdiğimiz dayanağımızın O olduğunu söylemiş oluruz. Son olarak bir de dua ederiz:
Rabbimizden bizi nimet verdiği, sevdiği, güzel insanlardan etmesini, doğru yoldan ayırmamasını isteriz.

FİL SÛRESİ

بِسْمِ اللّٰهِ الرَّحْمٰنِ الرَّح۪يمِ

اَلَمْ تَرَ كَيْفَ فَعَلَ رَبُّكَ بِاَصْحَابِ الْف۪يلِۜ ﴿١﴾

اَلَمْ يَجْعَلْ كَيْدَهُمْ ف۪ي تَضْل۪يلٍۙ ﴿٢﴾

وَاَرْسَلَ عَلَيْهِمْ طَيْرًا اَبَاب۪يلَۙ ﴿٣﴾

تَرْم۪يهِمْ بِحِجَارَةٍ مِنْ سِجّ۪يلٍۙ ﴿٤﴾

فَجَعَلَهُمْ كَعَصْفٍ مَاْكُولٍ ﴿٥﴾

FİL SÛRESİ BİZE NE ANLATIYOR?

Bu sûre Mekke'de inmiştir ve beş âyettir. Adını ilk âyetinden almıştır. Namazda kıyam sırasında yani ayakta Fatiha'dan sonra okunur. Sûrede fil sahiplerinin hikayesinden bahsedilir: Kâbe tarih boyunca çok sevilen ve ziyaret edilen bir ibadet yeriydi. Yemen valisi Ebrehe ise insanların bu ilgisini kendi bölgesine çekmek ve bu sayede daha fazla kazanç da elde etmek için çok büyük bir ibadet merkezi yaptırmıştı. Ancak daha gösterişli olan bu yeri kimse ziyaret etmeyip, yine Kâbe'yi ziyarete gidiyorlardı. Çünkü insanların aradıkları şey sahte bir gösteriş değil, gerçek bir manevi huzurdu.

Kendini büyük gören Ebrehe, buna çok sinirlenerek adeta Kâbe'nin Sahibi'ne kafa tutmaya kalktı. Büyüklüğünü göstermek için en büyük fillerden ve askerlerden bir ordu kurarak; Kâbe'yi yıkmaya gitti. Ancak Kâbe'nin asıl sahibi ve koruyucusu olan Allah buna müsaade etmedi. Ebrehe ne kadar uğraşırsa uğraşsın filler direndi ve Kâbe'yi yıkmak üzere yürümedi. Ardından da Allah; büyüklüğüyle kibirlenen Ebrehe'yi ve Kabe'yi yıkmaya kalkan ordusunu, minicik ebabil kuşlarını göndererek onları hüsrana uğrattı ve Kâbe'yi korudu. Çünkü Allah en yüce olandır ve hiçbir şey O'nun için zor değildir.

KUREYŞ SÛRESİ

بِسْمِ اللّٰهِ الرَّحْمٰنِ الرَّح۪يمِ

لِا۪يلَافِ قُرَيْشٍۙ ﴿١﴾

ا۪يلَافِهِمْ رِحْلَةَ الشِّتَٓاءِ وَالصَّيْفِۚ ﴿٢﴾

فَلْيَعْبُدُوا رَبَّ هٰذَا الْبَيْتِۙ ﴿٣﴾

اَلَّـذ۪ٓي اَطْعَمَهُمْ مِنْ جُوعٍ

وَاٰمَنَهُمْ مِنْ خَوْفٍ ﴿٤﴾

Bu sûre Mekke'de inmiş, dört âyettir. Adını Kureyş'ten almıştır. Kureyş, Peygamberimizin kabilesine verilen isimdir. Namazda kıyam sırasında yani ayakta Fatiha sûresinden sonra okunabilecek sûrelerdendir. Surede; Mekke'nin, Kabe'nin varlığı sebebiyle insanlar tarafından sevilen, sık ziyaret edilen bir yer olduğundan; Allah'ın burayı güvenli bir şehir kıldığından; Allah'ın biz kullarını doyuran ve koruyan olduğundan bahsedilir.

Kâbe'nin Rabbine ibadet etsinler. Peygamberimizin davetini kabul etsinler. Allah insanları açlıktan koruyup doyuran ve korkudan emin kılandır. Namazda ayakta iken Fatiha'dan sonra okunabilecek sûrelerdendir.

MAÛN SÛRESİ

بِسْمِ اللّٰهِ الرَّحْمٰنِ الرَّح۪يمِ

اَرَاَيْتَ الَّذ۪ي يُكَذِّبُ بِالدّ۪ينِۜ ﴿١﴾

فَذٰلِكَ الَّذ۪ي يَدُعُّ الْيَت۪يمَۙ ﴿٢﴾

وَلَا يَحُضُّ عَلٰى طَعَامِ الْمِسْك۪ينِۜ ﴿٣﴾

فَوَيْلٌ لِلْمُصَلّ۪ينَۙ ﴿٤﴾

اَلَّذ۪ينَ هُمْ عَنْ صَلَاتِهِمْ سَاهُونَۙ ﴿٥﴾

اَلَّذ۪ينَ هُمْ يُرَٓاؤُ۫نَۙ ﴿٦﴾

وَيَمْنَعُونَ الْمَاعُونَ ﴿٧﴾

Mekke'de inmiştir ve yedi âyettir. Adını sûrenin son âyetinden almıştır. Yardımlaşma anlamına gelir ve bu sûrede yetimlere ve ihtiyaç sahiplerine iyi davranmamız gerektiğinden; şefkatle yaklaşıp; onları doyurmanın ve ihtiyaçlarını gidermenin öneminden bahsedilir. Ayrıca namazlarımızı güzelce; önemseyerek, özenle kılmamız gerektiğinden de bahsedilir.

KEVSER SÛRESİ

بِسْمِ اللّٰهِ الرَّحْمٰنِ الرَّح۪يمِ

اِنَّٓا اَعْطَيْنَاكَ الْكَوْثَرَۜ ﴿١﴾

فَصَلِّ لِرَبِّكَ وَانْحَرْۜ ﴿٢﴾

اِنَّ شَانِئَكَ هُوَ الْاَبْتَرُ ﴿٣﴾

Mekke'de inmiştir ve üç âyettir. Kuranı Kerimin en kısa sûresidir. Namazda kıyam sırasında yani ayakta Fatiha sûresinden sonra okunabilecek sûrelerdendir.

Kevser; bereket, çok hayır anlamına gelir. Aynı zamanda Peygamberimiz(sav)'e cennette ikram edilen, bizlerin de orda Peygamberimizle buluşacağımızı bildiğimiz özel bir su havuzunun ismidir.

Peygamberimiz'i üzen iyi kalpli olmayan insanların sözleri üzerine gelen bu âyetlerde Rabbimiz:
"Şüphesiz biz sana bitip tükenmez nimetler verdik." diyerek, peygamberini ne kadar çok sevdiğini, ona ne kadar çok kıymet verdiğini, dünya ve ahirette de vermeye devam edeceğini, onun her zaman yanında olduğunu söylemiştir. Ayrıca bu sûrede namaz ve kurban ibadetlerinden de bahsedilir.

KÂFİRUN SÛRESİ

بِسْمِ اللّٰهِ الرَّحْمٰنِ الرَّح۪يمِ

قُلْ يَٓا اَيُّهَا الْكَافِرُونَۙ ﴿١﴾

لَٓا اَعْبُدُ مَا تَعْبُدُونَۙ ﴿٢﴾

وَلَٓا اَنْتُمْ عَابِدُونَ مَٓا اَعْبُدُۚ ﴿٣﴾

وَلَٓا اَنَا۬ عَابِدٌ مَا عَبَدْتُمْۙ ﴿٤﴾

وَلَٓا اَنْتُمْ عَابِدُونَ مَٓا اَعْبُدُۜ ﴿٥﴾

لَكُمْ د۪ينُكُمْ وَلِيَ د۪ينِ ﴿٦﴾

Bu sûre Mekke'de inmiştir ve altı âyettir. İsmini; aklını kullanamayıp, iman etmeyen insanları anlatan Kafirun/ KAFİRLER (inkarcılar) kelimesinden almıştır. Peygamberimiz tüm insanları Allah'a iman etmeye davet etmiştir. İnanmayan insanlar farklı farklı niyetlerle, Peygamberimiz (sav)e gelip: "Sen bir sene bizim dinimize uy, biz bir sene seninkine uyalım." dedikleri zaman Peygamberimiz onlara cevap olarak: "sizin dininiz size benim dinim banadır, ben sizin inandığınız dine asla inanmam" demiştir.

Aslında bu sûre bize; doğrulardan hiçbir zaman ve hiç kimse için vazgeçmememiz gerektiğini de öğretir. Peygamberimiz(sav) bu sûrenin uyumadan önce okunmasını tavsiye etmiştir.

NASR SÛRESİ

بِسْمِ اللّٰهِ الرَّحْمٰنِ الرَّح۪يمِ

اِذَا جَٓاءَ نَصْرُ اللّٰهِ وَالْفَتْحُۙ ١

وَرَاَيْتَ النَّاسَ يَدْخُلُونَ ف۪ي د۪ينِ اللّٰهِ اَفْوَاجًاۙ ٢

فَسَبِّحْ بِحَمْدِ رَبِّكَ وَاسْتَغْفِرْهُۜ اِنَّهُ كَانَ تَوَّابًا ٣

Bu sûre Mekke'de inmiştir ve üç âyettir. Sûre ismini ilk âyetinde geçen ve yardımcı anlamına gelen "Nasr" kelimesinden almıştır.

Bu sûrede; Allah'ın, Peygamberimize ve yanındaki müslümanlara Mekke'yi Feth etmeleri için yardım ettiğinden, insanların gruplar halinde müslüman olmaya başladıklarından bahsedilir.

Peygamber Efendimiz çok üzülerek ayrıldığı Mekke'ye, hicretin 8. yılında, fetihle beraber dönmüştür. Mekkeli müşrikler (iman etmeyenler), Müslümanların çokluğu, islamın heybeti karşısında pes etmiş, hiç savaşa gerek kalmaksızın Mekke'yi teslim etmişlerdir. Sonrasında da ne kadar doğru bir karar verdiklerini, islamın güzelliğini Müslümanların yaşantısında görerek anlamış ve büyük çoğunluğu islamı seçip, Müslüman olmuşlardır.

Bu sûre bize hem Mekke Fethini hem de Peygamber Efendimiz(sav)'in hicret yolculuğunda, Sevr mağarasında Hz Ebubekir'e söylediğini hatırlatır:

"...Allah her zaman bizimle (inananlarla) beraberdir."

TEBBET SÛRESİ

بِسْمِ اللّٰهِ الرَّحْمٰنِ الرَّح۪يمِ

تَبَّتْ يَدَٓا اَب۪ي لَهَبٍ وَتَبَّۜ ﴿١﴾

مَٓا اَغْنٰى عَنْهُ مَالُهُ وَمَا كَسَبَۜ ﴿٢﴾

سَيَصْلٰى نَارًا ذَاتَ لَهَبٍۚ ﴿٣﴾

وَامْرَاَتُهُۜ حَمَّالَةَ الْحَطَبِۚ ﴿٤﴾

ف۪ي ج۪يدِهَا حَبْلٌ مِنْ مَسَدٍ ﴿٥﴾

Bu sûre Mekke'de inmiş beş âyettir. Sûrenin diğer adı Leheb sûresidir. Sûrede Peygamberimizin amcası Ebu Leheb'in adı geçmektedir. Namazda kıyam sırasında yani ayakta Fatiha sûresinden sonra okunabilecek sûrelerdendir.

Peygamberimize türlü kötülükler yapan amcası ve onun eşinin yaptıklarının karşılıksız kalmadığından ve kalmayacağından bahseden bu sûreyle, Allah; Peygamber Efendimizi (sav) ve inananları koruduğunu müjdeler. Ayrıca Ebu Leheb örneği üzerinden; bizi her şeyden koruyacağını düşündüğümüz mal mülk para gibi zenginliklerin anlamsızlığından da bahsedilir.
Çünkü Ebu Leheb'i malı, mülkü ve gücü koruyamamıştır.

İHLAS SÛRESİ

بِسْمِ اللّٰهِ الرَّحْمٰنِ الرَّح۪يمِ

قُلْ هُوَ اللّٰهُ اَحَدٌۚ ﴿١﴾

اَللّٰهُ الصَّمَدُۚ ﴿٢﴾

لَمْ يَلِدْ وَلَمْ يُولَدْۙ ﴿٣﴾

وَلَمْ يَكُنْ لَهُ كُفُوًا اَحَدٌ ﴿٤﴾

Bu sûre Mekke'de inmiş, dört âyettir. Namazda kıyam sırasında yani ayakta Fatiha sûresinden sonra okunabilecek sûrelerdendir.

İhlas; Allah rızasını kazanmak için, samimiyetle yaşamak ve ibadet etmek demektir.

Kur'an-ı Kerimde yer alan en kısa sûrelerden biridir. Sûrede Allah-u Teala'nın

- Tek olduğu
- Her şeyin O'na muhtaç olduğu ama O'nun hiç birşeye ve hiç kimseye muhtaç olmadığı
- Doğurmamış ve doğurulmamış olduğu
- Hiçbir şeyin ve kimsenin O'na denk olamayacağı gibi bazı özelliklerinden bahsedilir:

Peygamberimiz her namazda okunmasını tavsiye etmiştir.

FELAK SÛRESİ

بِسْمِ اللّٰهِ الرَّحْمٰنِ الرَّح۪يمِ

قُلْ اَعُوذُ بِرَبِّ الْفَلَقِۙ ١

مِنْ شَرِّ مَا خَلَقَۙ ٢

وَمِنْ شَرِّ غَاسِقٍ اِذَا وَقَبَۙ ٣

وَمِنْ شَرِّ النَّفَّاثَاتِ فِي الْعُقَدِۙ ٤

وَمِنْ شَرِّ حَاسِدٍ اِذَا حَسَدَ ٥

Bu sûre Mekke'de inmiş, beş âyettir. Namazda kıyam sırasında yani ayakta Fatiha sûresinden sonra okunabilecek sûrelerdendir. Adını ilk âyetinde geçen "Felak" kelimesinden almıştır. Felak sabah vakti manasına gelir.

Sûrede kötü olan tüm şeylerden, Allah'a sığınılması gerektiği ifade edilmiştir. Peygamberimiz "korunma duası" olarak da bilinen bu duaların (Felak ve Nas) her gün okunmasını tavsiye etmiştir.

NÂS SÛRESİ

بِسْمِ اللّٰهِ الرَّحْمٰنِ الرَّح۪يمِ

قُلْ اَعُوذُ بِرَبِّ النَّاسِۙ ﴿١﴾

مَلِكِ النَّاسِۙ ﴿٢﴾

اِلٰهِ النَّاسِۙ ﴿٣﴾

مِنْ شَرِّ الْوَسْوَاسِ الْخَنَّاسِۙ ﴿٤﴾

اَلَّذ۪ي يُوَسْوِسُ ف۪ي صُدُورِ النَّاسِۙ ﴿٥﴾

مِنَ الْجِنَّةِ وَالنَّاسِ ﴿٦﴾

Mekke'de inmiştir ve altı âyettir. Namazda kıyam sırasında yani ayakta Fatiha sûresinden sonra okunabilecek sûrelerdendir. Adını ilk âyetinde geçen ve insanlar anlamına gelen nas kelimesinden almıştır. Sûre içimizden geçen faydasız düşünce ve şüphelerden uzak durmamız gerektiğinden de bahseder. Peygamberimiz bu sûrenin her gün okunmasını tavsiye etmiştir.

ÂYETE'L-KÜRSÎ

بِسْمِ اللّٰهِ الرَّحْمٰنِ الرَّح۪يمِ

اَللّٰهُ لَٓا اِلٰهَ اِلَّا هُوَۚ

اَلْحَيُّ الْقَيُّومُۚ

لَا تَاْخُذُهُ سِنَةٌ وَلَا نَوْمٌۜ

لَهُ مَا فِي السَّمٰوَاتِ وَمَا فِي الْاَرْضِۜ

مَنْ ذَا الَّذ۪ي يَشْفَعُ عِنْدَهُٓ اِلَّا بِاِذْنِه۪ۜ

يَعْلَمُ مَا بَيْنَ اَيْد۪يهِمْ وَمَا خَلْفَهُمْۚ

وَلَا يُح۪يطُونَ بِشَيْءٍ مِنْ عِلْمِه۪ٓ اِلَّا بِمَا شَٓاءَۚ

وَسِعَ كُرْسِيُّهُ السَّمٰوَاتِ وَالْاَرْضَۚ

وَلَا يَؤُ۫دُهُ حِفْظُهُمَاۚ

وَهُوَ الْعَلِيُّ الْعَظ۪يمُ ﴿٢٥٥﴾

HÜVALLÂHÜLLEZÎ

بِسْمِ اللّٰهِ الرَّحْمٰنِ الرَّح۪يمِ

هُوَ اللّٰهُ الَّذ۪ي لَٓا اِلٰهَ اِلَّا هُوَۚ عَالِمُ الْغَيْبِ وَالشَّهَادَةِۚ

هُوَ الرَّحْمٰنُ الرَّح۪يمُ ﴿٢٢﴾

هُوَاللّٰهُ الَّذ۪ي لَٓا اِلٰهَ اِلَّا هُوَۚ

اَلْمَلِكُ الْقُدُّوسُ السَّلَامُ الْمُؤْمِنُ

الْمُهَيْمِنُ الْعَز۪يزُ الْجَبَّارُ الْمُتَكَبِّرُۜ

سُبْحَانَ اللّٰهِ عَمَّا يُشْرِكُونَ ﴿٢٣﴾

هُوَ اللّٰهُ الْخَالِقُ الْبَارِئُ الْمُصَوِّرُ لَهُ الْاَسْمَٓاءُ الْحُسْنٰىۜ

يُسَبِّحُ لَهُ مَا فِي السَّمٰوَاتِ وَالْاَرْضِۚ

وَهُوَ الْعَز۪يزُ الْحَك۪يمُ ﴿٢٤﴾

ÂMENERRASÛLÜ

بِسْمِ اللّٰهِ الرَّحْمٰنِ الرَّح۪يمِ

اٰمَنَ الرَّسُولُ بِمَٓا اُنْزِلَ اِلَيْهِ مِنْ رَبِّه۪ وَالْمُؤْمِنُونَۜ

كُلٌّ اٰمَنَ بِاللّٰهِ وَمَلٰٓئِكَتِه۪ وَكُتُبِه۪ وَرُسُلِه۪ۜ

لَا نُفَرِّقُ بَيْنَ اَحَدٍ مِنْ رُسُلِه۪ۗ

وَقَالُوا سَمِعْنَا وَاَطَعْنَا غُفْرَانَكَ رَبَّنَا وَاِلَيْكَ الْمَص۪يرُ ٢٨٥

لَا يُكَلِّفُ اللّٰهُ نَفْسًا اِلَّا وُسْعَهَاۜ

لَهَا مَا كَسَبَتْ وَعَلَيْهَا مَا اكْتَسَبَتْۜ

رَبَّنَا لَا تُؤَاخِذْنَٓا اِنْ نَس۪ينَٓا اَوْ اَخْطَاْنَاۚ

رَبَّنَا وَلَا تَحْمِلْ عَلَيْنَٓا اِصْرًا

كَمَا حَمَلْتَهُ عَلَى الَّذ۪ينَ مِنْ قَبْلِنَاۚ رَبَّنَا وَلَا تُحَمِّلْنَا

مَا لَا طَاقَةَ لَنَا بِه۪ۚ وَاعْفُ عَنَّاۗ وَاغْفِرْ لَنَاۗ وَارْحَمْنَاۗ

اَنْتَ مَوْلٰينَا فَانْصُرْنَا عَلَى الْقَوْمِ الْكَافِر۪ينَ ٢٨٦

ÂYETE'L-KÜRSÎ BİZE NE ANLATIYOR?

Bu sûre Medine'de inen Bakara Sûresi'nin 255. âyetinde yer almaktadır. Namaz içerisinde Fatiha Sûresi'nden sonra okunabileceği gibi, namazda tesbihten önce de okunur. Allah'ın bazı güzel isimlerinden:

El- Hayy (hayat veren, gökleri, yeri ve her şeyi ayakta tutan), El-Kayyum (diri, her şeyi bilen ve her şeye gücü yeten),

El-Aliyy (yüce), El-Azim (büyük) (her şeyin sahibi ve her şeyi bilen)

olması gibi Allah-u Teala'nın bazı özelliklerinden bahseder. Peygamberimiz(sav) sabah ve akşam okumamızı tavsiye etmiştir.

ÂMENERRASÛLÜ BİZE NE ANLATIYOR?

Bu sûre Medine'de inmiştir. Bakara sûresinin 285. 286. âyetlerinde (sûrenin son iki âyeti) yer almaktadır. Namaz içerisinde Fatiha Sûresi'nden sonra okunabileceği gibi, yatsı namazından sonra da okunması tavsiye edilmiştir. Sûrede: "Allah'a, meleklerine, kitaplarına ve Peygamberlerine iman ettiler" denilerek; müminlerin ve imanın şartlarından bir kısmına yer verilir. Aynı zamanda Allah-u Teala'nın bizleri çok iyi tanıyıp bildiği ve bize karşı ne kadar merhametli olduğu: "Kimseyi kaldıramayacağı/gücünün yetmeyeceği bir şeyle yükümlü/sorumlu tutmayacağı" sözleriyle belirtilir. Ve müminlere bir de dua öğretilir: "Allah'ım senden bağışlanma dileriz, unutur ya da yanılırsak bizi sorumlu tutma..."

Bu sûre Miraç hadisesinde Peygamberimiz(sav)'e hediye olarak verilmiştir.

HÜVALLÂHÜLLEZÎ BİZE NE ANLATIYOR?

Bu sûre Medine'de inmiş olup, Haşr sûresinin son üç âyetinde (22.23.24. âyetler) yer almaktadır. Namaz içerisinde de okunabilir. Allah'ın güzel isimlerinden:

Er-Rahman, Er-Rahim, El-Melik (her şeyin sahibi), El-Kuddüs (her türlü eksiklikten uzak) , Es-Selâm (barış ve esenliğin kaynağı), El-Mü'min (güvenlik veren), El-Müheymin (gözetip koruyan) , El-Aziz (mutlak güç sahibi), El-Cebbar (dilediğini yaptıran), El-Mütekebbir (büyüklükte eşsiz olan), El-Hâlık (yoktan var eden), El-Bâri (yaratan), El-Musavvir (şekil veren), El-Hakim (hikmet sahibi) isimleri yer almaktadır.

Sûrenin bu kısmında; okurken aşinalık duyacağımız "Esma-i Hüsna" ifadesiyle: en güzel isimlerin Allah'ın olduğundan bahsedilir. Peygamberimiz(sav) sabah ve akşam okumamızı tavsiye etmiştir.

Tarih: ....

NAMAZ HATIRALARIM

....

....

....

....

....

....

....

....

....

SÜLEYMANİYE CAMİ

SULTAN AHMET CAMİ

_İHR__AH S_LT_N CAMİ

EYÜP CAMİ

E_ÜP CAMİ

F_T_H CAMİ

MİHRİMAH SULTAN CAMİ

SUL__N A_M_T CAMİ

FATİH CAMİ

S_LEY_A_İYE CAMİ